I0686669

8° Yth
7532

[illegible]

LES FRANÇAIS A CYTHÈRE,

COMÉDIE

EN UN ACTE, EN PROSE,

MÊLÉE DE VAUDEVILLES,

Représentée, pour la première fois, sur le Théâtre du Vaudeville, le 27 Ventôse, an 6, (Samedi 17 Mars 1798, v. st.)

Par les CC. CHAZET, CREUZÉ et EMMANUEL DUPATY.

Prix 30 Sous, avec la Musique.

Yth 7532

BIBLIOTHÈQUE ROYALE

A PARIS,

Chez les Libraires { Au Théâtre du Vaudeville.
A l'Imprimerie, rue des Droits de l'Homme, n°. 44.

An VIe. 1798 (v. st.)

YTh 7532

AVIS.

LA réunion à la France de l'isle de *Cérigo*, ci-devant *Cythère*, a donné l'idée de cette petite Pièce. Voici le Couplet d'annonce qui précéda la première représentation.

AIR : *Vaudeville d'Arl.quin Afficheur.*

De Cythère à ce pays-ci
Vraiment l'intervalle est immense:
Mais les Grâces qui sont ici
En ont rapproché la distance.
Si nous y ramenons les Ris,
Réalisant notre chimère,
Vous-mêmes serez à Paris
Les Français à Cythère.

PERSONNAGES.	ARTISTES. CC. et Cnes.
ARGANTI, Sénateur de Cérigo.	*Chapelle.*
ZELIE, sa pupille.	*Belmont.*
ÉLISE, Suivante de Zélie.	*Blosseville.*
FIERVILLE, Officier Français.	*Henri.*
CORNARO, habitant de Cérigo.	*Carpentier.*
UNE FRANÇAISE.	*Sara.*
UN TUTEUR.	*Rosières.*
MARIS.	
TUTEURS.	
SOLDATS FRANÇAIS.	
CYTHÉRÉENS, CYTHÉRÉENNES.	

La Scène se passe à Cérigo, autrefois Cythère.

LES FRANÇAIS A CYTHÈRE,

COMÉDIE EN UN ACTE.

Le Théâtre représente un jardin; à gauche une maison, une fenêtre grillée, une porte au-dessous; à droite, un mur, une grille en face du Spectateur, et d'où l'on ne peut pas voir sur la maison: derrière la grille, un grand arbre, dont les branches passent dans le jardin; dans le fond, la mer; à droite et à gauche, des petits bosquets.

SCENE PREMIERE.

ELISE, *seule, dans le jardin.*

LE soleil déjà levé....

AIR: *Chantons les matines de Cythère.*

Chantons les matines de Cythère,
Car tout promet qu'en cet heureux jour,
Nous pourrons, libres d'un joug sévère,
Reprendre l'office de l'amour.

Ma pauvre maîtresse!... Toujours enfermée: patience....

AIR nouveau.

Andante.
Les Fran-çais vont de ce ri---va-ge
Ban-nir à ja---mais la ri--gueur. S'il est un
temps pour l'es-cla--va-ge, Il en est un pour
le bon-heur, Il en est un pour le bon-heur.
Que de pau-vres fil-les, Loin de leurs fa---mil-les,
Sous d'affreuses gril-les, Per-dent leurs beaux jours.
Que de pauvres fil-les, Loin de leurs fa--mil-les,
Sous d'af-freu-ses gril-les, Per-dent leurs beaux jours,
Sous d'af-freu-ses gril-les, Per-dent leurs beaux jours.
Im-por--tu-nes gê-nes, Ri-gou-reu-ses pei-nes,

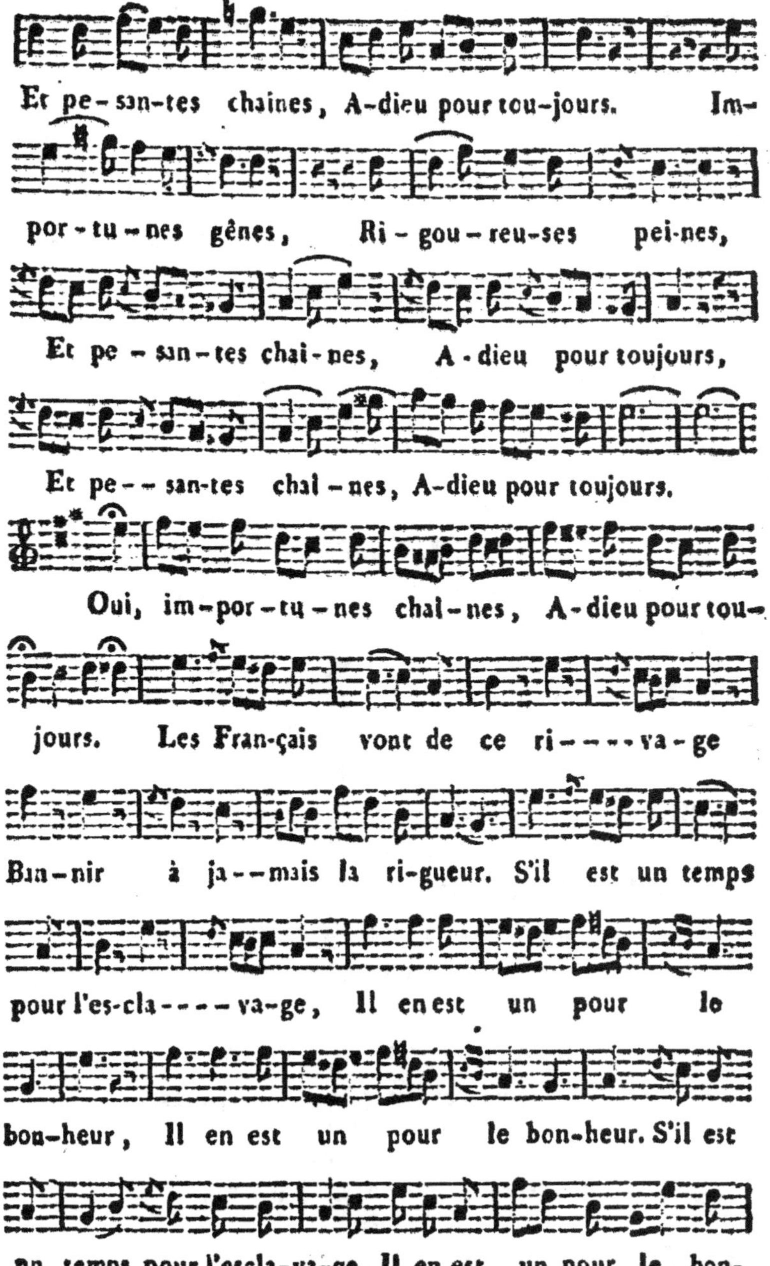
Et pe-san-tes chaines, A-dieu pour tou-jours. Im-
por-tu-nes gênes, Ri-gou-reu-ses pei-nes,
Et pe-san-tes chai-nes, A-dieu pour toujours,
Et pe--san-tes chai-nes, A-dieu pour toujours.
Oui, im-por-tu-nes chai-nes, A-dieu pour toujours. Les Fran-çais vont de ce ri----va-ge
Ban-nir à ja--mais la ri-gueur. S'il est un temps
pour l'es-cla----va-ge, Il en est un pour le
bon-heur, Il en est un pour le bon-heur. S'il est
un temps pour l'escla-va-ge, Il en est un pour le bon-

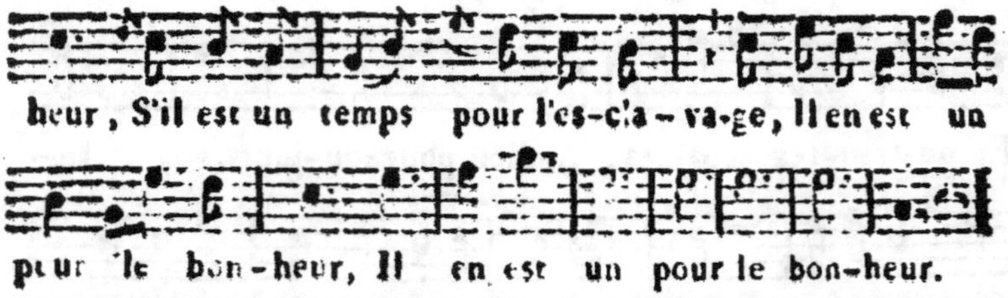
heur, S'il est un temps pour l'es-cla-va-ge, Il en est un
pour le bon-heur, Il en est un pour le bon-heur.

SCENE II.

ELISE, ZELIE, *à la fenêtre.*

ZELIE.

SONT-ILS débarqués ?

ELISE.

Pas encore; les vaisseaux sont à l'ancre près du môle.

ZELIE.

Le détachement de chasseurs et de hussards, descendu hier, est toujours maître du port?

ELISE.

Il est maître de tout.

ZELIE.

On ne les attendait pas.

ELISE.

Ils ne nous ont pas donné le tems de nous reconnaître.

ZELIE.

AIR : *La comédie est un miroir.*

D'honneur ces Français sont charmans,
Leur arrivée est une fête,
Comment en aussi peu de tems
Ont-ils donc fait notre conquête?

ELISE.

Ce n'est pas étonnant.

On les dit portés tour-à-tour
A Cythère, aux champs de la gloire,
Ou sur les ailes de l'amour,
Ou sur celles de la victoire.

ZELIE.

Voilà Cérigo devenu une isle française.

ELISE.

Pourquoi lui conserver ce nom qui lui convenait, tout au plus, pendant que les Vénitiens en étaient les maîtres ?

ZELIE.

Comment la nommer ?

AIR : *De Joconde.*

En nous obsédant nuit et jour,
Un vieux tuteur sévère,
Ne sachant nous faire l'amour,
Ici nous fait la guerre.
La beauté parmi nos jaloux
Se flétrit prisonnière.
Ah! sous les grilles, les verroux,
Sommes-nous dans Cythère !

ELISE.

Rassurez-vous : Cérigo va reprendre son ancien nom.

Même Air.

Les Français viennent pour toujours
Affranchir notre asyle :
Sous leurs étendards, les amours
Vont rentrer dans cette isle ;
Et puisqu'ils mènent avec eux
L'art d'aimer, l'art de plaire,
Nous voilà sans changer de lieux,
De retour dans Cythère.

ZELIE.

As-tu revu le jeune officier?

ELISE.

Pas encore.

ZELIE.

Tu crois qu'il m'aime ?

ELISE.

Il vous a vue.

ZELIE.

Je pourrais compter qu'en aussi peu de temps....

ELISE.

Pourquoi pas ?

AIR : *Arlequin afficheur.*

Par-tout les Français vont grand train,
Et toujours près d'une maîtresse
Chez eux du soir au lendemain
Le cœur se livre à la tendresse.
D'ailleurs, on peut bien les juger
D'après mille traits qu'on en cite,
Et leur amour étant léger....
Il doit venir fort vite.

ZELIE.

Tu crois ?

ELISE.

Vous avez sa lettre.

ZELIE.

Elle est charmante.... Oh ! les expressions....

ELISE.

Plus douces que celles du vieux sénateur Arganti, votre tuteur, qui fait cependant de grands frais pour vous plaire.

ZELIE.

Oui, en me renfermant,

ELISE.

AIR : *L'amour est un enfant trompeur.*

Pour vous combien il est flatteur
De fixer son hommage.

ZELIE.

Ah ! quel amant ! Un sénateur !....

ELISE.

Du moins il sera sage.
Vieil amour doit être constant.

ZELIE.

J'aimerais mieux l'amour enfant,
Dût-il être volage !

Le jeune officier sait-il qu'Arganti veut m'épouser ?

ELISE.

Il le sait.

ZELIE.

Il connaît bien la maison ?

ELISE.

Sans doute, puisqu'il m'a remis sa lettre par cette porte.

ZELIE.

Il reviendra ?

ELISE.

Peut-être.

ZELIE.

Lui as-tu dit que je le trouvais charmant ?

ELISE.

Je n'en savais rien encore.

ZELIE.

Il fallait le supposer,.... puisque je déteste Arganti.

ELISE.

Eh bien, s'il revient je le lui dirai.

ZELIE.

Recommande-lui beaucoup de prudence. Comme nous nous trouvions par hazard hier au soir en ville, au moment du débarquement, Arganti s'est apperçu que j'étais remarquée et suivie par un Français. Aujourd'hui il m'enferme, il rôde, il veille.

ELISE.

Ne craignez rien, le jeune officier m'a parlé d'une prochaine révolution pour mettre les tuteurs et les maris à la raison : attendons le débarquement général. Voici le tuteur : rentrez.

SCENE III.

ARGANTI, ELISE.

ARGANTI.

AIR : *La garde passe.*

Jusqu'au coin le plus écarté,
Tout le jardin est visité.
Veillons, cherchons de ce côté,
Doublons par-tout de surveillance.
L'œil au guet, de la vigilance,
C'est l'emploi d'un tuteur.
Je brigue un titre plus flatteur,
Et je dois sans cesse avoir peur
Pour l'honneur.

ELISE.

Pour l'honneur,
Avoir peur ;
C'est assez de la peur.

Prévoyant votre sort d'avance,
Vous oseriez courir la chance,
D'être.... perdu d'honneur.

ARGANTI.

Oh! quand je dis cela, ce n'est pas que j'aie la moindre crainte. Je connais Zélie, je l'ai formée; je m'en rapporte entiérement à sa bonne foi: si je la renferme, ce n'est que par attention; et parvenu, par mes soins, à écarter tous les galans, à la tenir bien hermétiquement enfermée, murée, grillée, je puis t'assurer que me voilà sans inquiétudes. Aussi j'ai déjà pris des mesures pour empêcher les Français de pénétrer ici.

ELISE.

La meilleure eût été de les empêcher d'aborder.

ARGANTI.

C'est bien différent; ils sont entrés dans l'Isle par surprise.

ELISE.

Ils entreront chez vous par ruse.

ARGANTI.

Ah! je suis sur mes gardes.

AIR: *De la Soirée orageuse.*

A surmonter de tous côtés,
Je leur offre plus d'un obstacle.

ELISE.

Par rien ils ne sont arrêtés.

ARGANTI.

Entrer ici serait miracle.

ELISE.

Ne vous y fiez pas.

On a vu les Français, par fois,

Prendre des routes inconnues ;
Et vous savez qu'en mille endroits,
Ils sont tombés comme des nues.

ARGANTI.

Aussi je t'ai laissée dans le jardin pour veiller, écouter : c'est une grande marque de ma confiance. Je compte sur toi, et tu dois à cela plus de liberté que n'en ont toutes les suivantes de l'Isle : tu peux aller jusqu'à la mer.

ELISE.

Vous n'avez pas peur que je la passe à la nage.

ARGANTI.

Jusques aux murs du jardin.

ELISE.

Ils sont trop haut pour que je les escalade.

ARGANTI.

Jusqu'à la porte même.

ELISE.

Vous en gardez la clef.

ARGANTI.

Je ne t'enferme pas.

ELISE.

Vous ne comptez pas m'épouser.

ARGANTI.

Ce n'est pas ça. C'est que je te connais, et tu vas faire exactement sentinelle tout le temps que les Français seront ici.

ELISE.

Est-ce qu'ils n'y seront pas toujours?

ARGANTI.

Ils ne sont pas tous débarqués.

ELISE.

Ils débarqueront.

ARGANTI.

Ce n'est pas sûr.

ELISE.

Cependant

AIR : *Tarare pompon.*

Ils sont mouillés tout près,
Au bout de la jettée,
Et quand l'ancre est jettée,
On est sûr du succès.

ARGANTI.

Ma bonne amie.... à Cythère,

Même étant sur la plage,
Près de toucher le bord,
Souvent on fait naufrage
Au port.

ELISE.

Oh! pas toujours.

ARGANTI.

C'est ce que tu verras !... En attendant, contente-toi d'exécuter mes ordres; veille attentivement aux mouvemens de l'escadre, à l'approche des maraudeurs. Voici du monde que j'attends, monte sur la terrasse, et observe bien : va.

ELISE, *à part.*

Il ne se doute pas que nous tenons déjà une déclaration en forme, et que nous attendons l'amoureux.

ARGANTI.

Messieurs les Français.... messieurs les Français.... Va donc.

ELISE, *s'en allant, et voyant arriver les Tuteurs et Maris.*

Les jolies figures !

ARGANTI.

Approchez, approchez.

SCENE IV.

ARGANTI, CORNARO, MARIS, TUTEURS.

ARGANTI.

AIR. *De cor.*

VOUS qui portez martel en tête,
Arrivez messieurs les maris,
Mes amis
Contre l'orage qui s'apprête,
Il faut, il faut rassembler les avis. } (*bis.*)

TOUS.

Nous qui portons martel en tête,
Nous voilà tuteurs et maris
Réunis.
Contre l'orage qui s'apprête,
Il faut, il faut rassembler les avis.

ARGANTI.

Messieurs, je vous ai fait appeller comme étant les plus huppés de Cythère. Depuis l'arrivée des Français dans l'Isle, il est reconnu que nos dangers vont singuliérement en croissant : l'honneur de trois tuteurs et de quatre maris s'est trouvé compromis.

TOUS.

C'est vrai.

CORNARO.

J'atteste pour ma part....

ARGANTI.

ARGANTI.

Point de plaintes particulières; on n'en finirait pas : d'autres sont menacés.

TOUS.

Nous le sommes tous.

ARGANTI.

AIR : *De Calpigi.*

Dans cette triste conjoncture,
Messieurs, tout me dit, tout m'assure,
Que vous saurez prendre un parti.

TOUS.

Oh ! nous saurons prendre un parti.

ARGANTI.

Ah ! bravi-cari, mariti.

CORNARO.

Oui, mais contre nous sont nos femmes.

UN TUTEUR.

Comment résister à ces dames,
Les Français sont de leur parti.

TOUS.

Ahi ! poveri mariti. (*bis.*)

ARGANTI.

Eh bien, c'est ici qu'il faut montrer ce que nous sommes.

CORNARO.

Oui, levons le front.

ARGANTI.

AIR : *Mon honneur dit.*

Notre honneur dit que nous serions coupables,
De mépriser un danger si pressant.

CORNARO.

Même en amour nos rivaux sont des diables.

UN TUTEUR.

Et dans Cythère ils vont tambour battant.

ARGANTI.

Eh bien,

Si l'on ne peut dans cette circonstance,
Sauver chacun de leur brusque transport,

ARGANTI.

Il faut, messieurs, tâcher, en apparence,
De conserver néanmoins l'honneur du corps.

TOUS.

Rien n'est mieux vu; tâchons, en apparence,
De conserver au moins l'honneur du corps.

ARGANTI.

Vous connaissez mes moyens, mes projets : on nous oppose seulement une poignée de troupes. De toute part les maris et les tuteurs sont convoqués pour s'opposer à la descente : chacun sait son devoir. A vos postes; nous commencerons par faire prisonnier le détachement qui est à terre.

TOUS.

Allons.

ARGANTI.

AIR : *Du Naufrage.*

En vain ces Français descendus
Voudraient nous enlever nos femmes:
Si d'abord nous fûmes vaincus,
La valeur renait dans nos ames.
Par le désespoir animés,
Notre vengeance sera prête.

CORNARO.

Quand par eux nous serons armés
Depuis le pied jusqu'à la tête.

TOUS.

Quand par eux nous serons armés
Depuis le pied jusqu'à la tête.

CORNARO.

Oui, ça sera un terrible spectacle, et je me crois déjà sous les armes.

(Tous les Maris et les Tuteurs sortent.)

SCENE V.

ARGANTI, CORNARO.

ARGANTI, *prenant Cornaro par la main.*

DEMEURE, cher Cornaro.

CORNARO.

Mon ami, je suis.....

ARGANTI.

Vous êtes?

CORNARO.

A vos ordres.

ARGANTI.

J'ai besoin de vous.

CORNARO.

Vous ne sauriez prendre trop de précautions contre les Français.

AIR : *Du vaudeville des Visitandines.*

Bientôt leurs amoureuses trames
Vont désoler tout le pays,

Et l'on verra toutes les femmes
Tromper ici tous les maris.
Mon cher, à vous parler sans feindre,
Pour les autres je meurs d'effroi:
Je ne vous parle pas pour moi,
Vraiment je n'ai plus rien à craindre.

ARGANTI.

Aussi vous êtes sans inquiétudes.

CORNARO.

Malheureusement.

ARGANTI.

J'entre dans votre affliction. Comme on ne peut pas y remédier, il faut vous venger, et je vous en offre les moyens... Un Français qui m'a suivi hier.....

CORNARO.

Vous tout seul?

ARGANTI.

Non pas, j'étais avec Zélie : ce Français me donne des soupçons. Je ne crains pas qu'il entre du côté du jardin qui donne sur la place; mais il pourrait essayer de s'approcher de ces murs, et vous pourriez vous tenir au-dehors pour lui servir d'épouventail.

CORNARO.

Oh! oui.

ARGANTI.

Je vais vous confier une double clef; vous ouvrirez la porte au moindre événement; vous viendrez m'avertir, et vous vous rendrez ici à la tête des maris et des tuteurs que vous rassemblerez de ces côtés-là.

CORNARO.

C'est ça. (*Sortant par la grille:*) Ah! qu'on est heureux de n'être pas marié!

SCENE VI.

ARGANTI, *seul.*

Un surveillant en-dehors, Elise en-dedans.... Bien fin s'ils approchent. Rendons-nous auprès du commandant Français qui me fait demander ; il ne se doute pas de ce qui se prépare. Au retour je ramenerai mes ouvriers pour achever de couper les arbres qui pourraient protéger les escalades.

(*Il sort.*)

SCENE VII.

FIERVILLE, *seul, à la grille.*

Air : *Du pas redoublé.*

Du nouvel argus j'ai trompé
La surveillance active.
A tous les regards échappé
Au pied du fort j'arrive.
Victoire ! Enfin je puis compter
Que la place est forcée,
Et j'ai déjà su dérouter
Une gardé avancée.

J'ai fort adroitement évité le Vénitien qui rôdait par-là.

SCENE VIII.

FIERVILLE, ÉLISE.

ÉLISE.

NOTRE jaloux est sorti : voyons si l'officier.... Ah!

FIERVILLE.

Puis-je escalader ?

ÉLISE.

Même Air.

Mais il ne parait pas trop sûr
De risquer l'entreprise.
Comment franchirez-vous ce mur
Ou ces chevaux de frise?
Il faut pour pénétrer ici
Le plus adroit manège :
Car les femmes en ces lieux-ci
Sont en état de siège.

FIERVILLE.

Bah! j'ai des intelligences dans la place, et vous m'aiderez.

ÉLISE.

Comment faire ; nous sommes enfermées?

FIERVILLE.

Et qu'importe.

AIR : *Tu le veux, je vais à l'armée.*

Toujours les femmes sont habiles
Pour obtenir un sort plus doux.
La plus aimable des pupilles
Sait tromper le plus fin jaloux ;
Et comme nous forçons des villes,
Vous saurez forcer des verroux.

ÉLISE.

Ce n'est pas trop aisé.

FIERVILLE.

Tu ne peux pas m'ouvrir ?

ÉLISE.

Le tuteur a les clefs : il vient de sortir, par un grand hasard.

FIERVILLE.

Un hasard ! C'est moi qui lui ai fait donner l'ordre de se rendre auprès du commandant.

AIR : *De Catinat.*

Va, je triompherai des efforts du tuteur ;
Et comme nous l'a dit un fort aimable auteur,
» C'est déjà remporter la victoire à demi,
» Que de savoir ailleurs occuper l'ennemi ».

ÉLISE.

Bien.

FIERVILLE.

As-tu remis ma lettre ?

ÉLISE.

Oui.

FIERVILLE.

A-t-on répondu ?

ÉLISE.

Non.

FIERVILLE.

Répondra-t-on ?

ÉLISE.

Je ne sais.

FIERVILLE.

Suis-je aimé ?

ELISE.

On vous connaît à peine.

FIERVILLE.

Comment la voir?

ELISE.

Impossible.

FIERVILLE.

Et lui parler?

ÉLISE.

Chut.

SCENE IX.

ELISE, FIERVILLE, ZELIE *à la fenêtre.*

ZÉLIE, *à Élise.*

A QUI parles-tu?

ELISE.

A l'officier.

FIERVILLE, *à Élise.*

Qui t'appelle?

ÉLISE.

Zélie.

ZELIE.

Cù est-il?

ELISE.

A la porte.

FIERVILLE.

Où est-elle?

ELISE.

A la fenêtre.

ZELIE.

M'entendrait-il ?

ELISE.

Imprudence.

FIERVILLE.

Si je lui parlais ?

ELISE,

Gardez-vous-en.

FIERVILLE.

Je n'y tiens pas.

ZELIE.

Je parle.

FIERVILLE.

AIR : *Quand vous verrez un jeune amant.*

Charmante Zélie, est-ce vous ?

ZELIE.

Sur-tout qu'il craigne une surprise.

FIERVILLE.

De l'entendre qu'il serait doux !

ZELIE.

Sais-tu ce qu'il me dit, Elise !

ELISE.

Quoi ! vous ne vous répondez rien?

ZELIE, FIERVILLE.

Sa voix si loin ne peut s'étendre.

ELISE.

Lorsque l'on s'entendrait si bien,
Quel malheur de ne pas s'entendre !

TOUS.

Lorsque l'on s'entendrait, etc.

FIERVILLE.

Puisqu'elle ne m'entend pas, parle pour moi.

ELISE.

AIR : *Vous m'ordonnez de la brûler.*

Monsieur, je ne puis, j'ai trop peur :
On pourrait nous entendre.
A chaque instant le vieux tuteur
Vient ici nous surprendre.

FIERVILLE.

Oh ! mon enfant, sur ce sujet,
Tes craintes sont frivoles:
C'est toi qui portas mon billet,
Porte encor mes paroles.

ZELIE.

Que dit-il?

FIERVILLE.

Ne crains rien.

ELISE, *à Fierville.*

AIR : *Mon père était pot.*

Eh bien, profitez du moment.

FIERVILLE.

Sois donc mon interprète.

ELISE, *à Zélie.*

Je vais parler pour votre amant.
(*à Fierville.*) Parlez, et je répète.

FIERVILLE.

Pourrais-je vous voir !

ELISE, *à Zélie.*

Pourrais-je vous voir!

ZELIE.

C'est en vain qu'on y pense:
J'en ai peu d'espoir.

ELISE, *à Fierville.*

J'en ai peu d'espoir.

FIERVILLE.

Laissez-m'en l'espérance,

ZELIE.

Je suis ici contre mon gré,
Sans force et sans défense.

ELISE, *à Fierville.*

Je suis ici contre mon gré,
Sans force et sans défense.

FIERVILLE.

Je vous sauverai.

ELISE, *à Zélie.*

Je vous sauverai.

ZELIE.

Cherchons la récompense.
Je vous aimerai.

ELISE, *à Fierville.*

Je vous aimerai.

FIERVILLE.

Ah! payez-moi d'avance.

ELISE.

Ah! vous avez déjà un petit à-compte;

FIERVILLE.

Si près d'elle, et ne pouvoir l'approcher ni la voir!

ELISE.

Essayez de monter sur l'arbre.

FIERVILLE.

Et tu crois que je la verrai?

AIR: *Aimé de la belle Ninon.*

Combien ce bonheur sera doux!
A ce nouvel assaut je monte.

ELISE, *à Zélie.*

Ah! Ciel, pour s'avancer vers vous,
Voyez le danger qu'il affronte.

ZELIE.

Que fait-il?

FIERVILLE.

Un danger,

Pour m'approcher des ennemis,
Je n'en ai craint de nulle espèce;
Je les brave et je les chéris
Pour m'approcher de ma maîtresse.

ELISE.

Le voilà presqu'en-haut.

FIERVILLE.

Ah! Zélie!

ZELIE.

C'est lui, Ciel!

FIERVILLE.

AIR : *Je ne vous dirai pas j'aime.*

La merveille de Cythère
S'offre à mes regards ravis.
Est-on plus belle à Cythère,
Ou plus jolie à Paris?
Ah! je suis bien à Cythère;
Car sur ces bords méconnus,
Si l'on cherche en vain Cythère,
Moi j'y reconnais Vénus.

ZELIE.

Ah! mon Dieu, tenez-vous bien.

FIERVILLE.

O Ciel! voici le tuteur.

ZELIE.

Descendez vite.

FIERVILLE.

AIR : *Réveillez vous belle endormie.*

Ne craignez rien, je suis alerte;
Et parmi ce feuillage verd,
Je demeure à la découverte,
Sans crainte d'être découvert.

ELISE.

Paix.

SCENE X.

LES PRÉCÉDENS, ARGANTI.

ARGANTI.

Je viens de chez le Commandant Croirais-tu bien, Elise, que l'ordre que j'avais reçu n'était qu'une ruse pour m'écarter d'ici? Quelqu'amant guette, sans doute, mon absence pour s'introduire. Tiens, je ne suis pas tranquille, et je vais redoubler de précautions pour que Zélie ne voye personne.

FIERVILLE, *à part.*

Il est temps.

ELISE.

Que vous êtes adroit! Vous avez pourtant découvert que l'on aime votre pupille. Voilà, je crois, notre amoureux bien embarrassé; il ne sait comment sortir de là; et puis la crainte d'être surpris, de vous trouver sur ses pas, de tomber sur vous.

ARGANTI.

Il croit peut-être que je serai sa dupe.

ÉLISE.

Quelle témérité!

AIR : *De la parole.*

C'est en vain qu'un audacieux
Bien au-dessus de vous s'élève.
Au plus leste des amoureux
Vous ne laissez repos ni trêve.
Il veut fuir : rester près de nous
D'un côté, puis de l'autre il penche.
Enfin, l'amant auprès de vous,
Bravant, craignant votre courroux,
Est comme un oiseau (*bis.*) sur la branche. (*bis.*)

ARGANTI.

Ah ! je te promets de ne pas lui laisser le temps de se retourner ; et pour commencer, je vais faire achever d'abattre les arbres de cette porte.

ZELIE.

Que dit-il ?

FIERVILLE.

Battons en retraite.

ARGANTI.

Viens m'aider à ouvrir.

FIERVILLE.

Me voilà cerné.

ZÉLIE.

Quoi ! Monsieur, abattre ces arbres !

ARGANTI.

Quand ils seront à bas, on verra mieux ce qui se passe : c'est le parti le plus sage.

ÉLISE.

Il faut s'y tenir.

FIERVILLE.

Je m'y tiens.

ARGANTI.

Allons, ouvrons. Ah ! Zélie est à la fenêtre. Voici mes ouvriers, ma chère Zélie. Regarde bien : ça va t'amuser de le voir tomber.

ZÉLIE.

J'ai peur.

ARGANTI.

De quoi ?

ÉLISE.

Que la chûte ne blesse quelqu'un.

ARGANTI.

Rassure-toi, j'ai l'œil à tout. Cet arbre menace ruine, et ce sera bientôt fait.

SCENE XI.

LES PRÉCÉDENS, LES OUVRIERS.

(Arganti reste dans le jardin, sous Fierville.)

ARGANTI.

ALLONS, approchez, vous autres.

AIR : *Chantons, chantons.* (de Richard.)

Allons, allons, mettez-vous tous à l'ouvrage.

LES OUVRIERS *frappant à chaque mesure.*

Allons, allons, travaillons avec courage.
Camarades, ceci
Bientôt sera fini.
Bientôt il tombera,
Il s'ébranle déjà.

ARGANTI.

Il tiendra peu de temps.

ZÉLIE, ÉLISE.

Quel fâcheux contre-temps!

FIERVILLE.

L'amour dans ce danger
Saura me protéger.

LES OUVRIERS.

Allons, allons, terminons vite l'ouvrage.

ARGANTI, LES OUVRIERS.

Allons, allons, {travaillez / travaillons} avec courage.
Bientôt il tombera,
Il s'ébranle déjà.

ÉLISE.

Passez donc sur le mur.

FIERVILLE.

Ce parti n'est pas sûr.

ELISE.

Il penche heureusement.

ZELIE.

Craignez un accident.

FIERVILLE.

L'amour, dans ce danger,
Saura me protéger.

ÉLISE, *à Arganti.*

Monsieur, prêtez donc la main.

ARGANTI.

Elle a raison : attendez, attendez. Appuyez, appuyez.

ÉLISE, *à Fierville.*

Sautez.

FIERVILLE.

Je me pends à ma ceinture.

ARGANTI.

AIR : *Du Parachûte.*

J'espère qu'avant peu d'instans
On le verra par terre.

ÉLISE.

Profitez bien vite du temps.

FIERVILLE.

Quel beau saut je vais faire!

Bah!

Quand j'ai bravé mille hasards,
Pourrais-je craindre une culbute,
Sur-tout quand l'écharpe de Mars
Me sert de parachûte.

ARGANTI.

ARGANTI.

C'est ça. Le voilà tombé sans accident. Je puis dire y avoir contribué pour ma part. Maintenant rangeons un peu cet arbre.

(*Fierville se cache, Arganti porte l'arbre avec les Ouvriers.*)

ZELIE.

Il est caché : rentrons. (*Elle rentre.*)

SCENE XII.

ELISE, *seule.*

LE voilà sauvé !....

Même Air.

Combien il doit être content
D'une chûte pareille !
Tomber de la sorte vraiment,
C'est tomber à merveille.
Au Parnasse, chez les Amours,
Au moment que l'on débute,
On ne réussit pas toujours
En faisant une chûte.

SCENE XIII.

ELISE, ARGANTI.

ARGANTI, *de la coulisse.*

CHERCHEZ de tous côtés, dans les bois, dans les environs ; par-tout.

ELISE.

Qu'est-ce?

ARGANTI.

Vois donc, Elise, ce que nous venons de trouver.

ELISE.

Quoi donc?

ARGANTI.

Une ceinture, la ceinture d'un Français!....

ZELIE.

Par quel hasard....

ARGANTI.

Quelqu'un sera monté sur l'arbre pour reconnaitre la situation du jardin. Quand je disais qu'il était de la prudence d'abattre.... Doublons de précautions. Zélie ne sortira plus. Pour prévenir toute évasion, je barricade, je cloue, je ferme toutes les grilles, à commencer par celle de sa fenêtre.

ELISE.

AIR : *Un Arlequin, etc.*

Croyez-vous donc nous rendre plus fidèles
En nous grillant ainsi de tous côtés?
L'Amour, pour fuir, porte avec lui des ailes;
Par les barreaux il n'est point arrêté.

ARGANTI.	ELISE.
Oui, je saurai, etc.	Croyez-vous donc, etc.

ARGANTI.

Ce petit dieu, pour captiver les filles,
Adroitement par-tout sait se glisser.
Mais si l'Amour sait passer par les grilles,
Filles, du moins, ne sauraient y passer.

ARGANTI.	ELISE.
Oui, je saurai, etc.	L'Amour, pour fuir, etc.

Je vais prendre une échelle et tout ce qu'il faut.... Veille.

SCENE XIV.

ELISE, FIERVILLE.

FIERVILLE, *paraissant.*

Ou va-t-il ?

ELISE.

La ceinture est trouvée ; ses soupçons redoublent, et il va clouer les grilles de sa fenêtre.

FIERVILLE.

Tant mieux : la porte reste ouverte. Rentre, et fait sortir Zélie pendant qu'il fermera : qu'elle n'ait aucune crainte. Le signal est donné sur l'escadre : on descend. Je la remettrai, jusqu'à notre hymen, entre les mains d'une Française ma parente, qui arrive pour commander ici.

ELISE.

Il vient : cachez-vous. J'y vais.

SCENE XV.

ARGANTI, ELISE, FIERVILLE *caché.*

ARGANTI.

Voici tout ce qu'il me faut. Tu ferais bien de monter pour tenir compagnie à Zélie, et l'empêcher de s'effrayer pendant que je vais frapper.

ELISE.

Je vais la rassurer, l'encourager de mon mieux. Clouez bien.

ARGANTI.

Sois tranquille.

ELISE.

Pendant qu'il va fermer d'un côté, tâchons de l'emmener de l'autre.... Oui, ferme, ferme....

SCENE XVI.

ARGANTI, FIERVILLE, *caché.*

ARGANTI.

POSONS l'échelle.... Un moment.... Je laissais trop de liberté à Elise. Cette ceinture me donne des soupçons sur sa fidélité: Elle a l'air de savoir quelque chose : elle me plaisante.... La voilà entrée; qu'elle y reste. Un bon double tour m'en répond.... Là....

(*Il ferme.*)

FIERVILLE.

Dieux! les voilà renfermées!

ARGANTI.

Maintenant montons.

FIERVILLE, *s'approchant.*

Si j'osais.

ARGANTI, *sur l'échelle.*

Dieu merci, je n'aurai bientôt plus rien à craindre de Zélie.

AIR : *De la Croisée.*

Allons, allons, dépêchons-nous,
Je puis compter sur sa constance :
Mais un tuteur doit, entre nous,
Compter bien plus sur sa prudence.

FIERVILLE.

Approchons.

Il n'ose regarder en-bas.
Leur ouvrir serait chose aisée.

(*Il vient ouvrir.*)

ARGANTI.

Du moins elles ne pourront pas
Sortir par la croisée.

FIERVILLE, *ouvrant.*

Venez. (*Il se retire.*)

AIR : *Du petit Matelot.*

On sortira, malgré le traitre.
Parbleu, j'en aurai le plaisir.

SCENE XVII.

LES PRÉCÉDENS, ÉLISE, ZELIE *à la porte.*

FIERVILLE, *se reculant, et retournant se cacher.*

PENDANT qu'il ferme la fenêtre,
Vous par la porte osez sortir.

ELISE, *sortant avec Zélie.*

Cachons-nous vite en ce bocage.

FIERVILLE.

Du bonheur mon cœur est comblé.

ARGANTI.

Comme je ferme bien la cage;

FIERVILLE, *caché.*

Oui, mais l'oiseau s'est envolé.

FIERVILLE, ÉLISE, ZÉLIE.

L'oiseau, l'oiseau, etc.

ARGANTI.

Comme elle prend bien la chose ! Je m'attendais à de grands cris. Pas du tout.... C'est étonnant : je ne l'entends pas.... Regardons un peu dans sa chambre. Est-ce qu'elle n'y serait pas ? C'est singulier.... Que fait-elle ?... Si j'entrais par la fenêtre pour la surprendre.... Entrons.

FIERVILLE, *à Zélie.*

Il entre.

SCENE XVIII.

FIERVILLE, ELISE, ZELIE.

ELISE.

Et nous voilà dehors.

ZELIE.

S'il revenait.

FIERVILLE.

Attendez. Ne craignez rien ; je sais un bon moyen pour l'en empêcher. (*Il monte à l'échelle.*)

ZÉLIE.

Que faites-vous?

FIERVILLE, *monte, et scelle la grille.*

Je l'enferme. Le voilà cloué.

SCENE XIX.

LES PRÉCÉDENS, ARGANTI.

ARGANTI.

EH bien, eh bien, qu'est-ce?

FIERVILLE, *frappant.*

Je ferme la cage.

ARGANTI.

Ah! Ciel, un Français!

ELISE.

Ah! si l'Amour sait passer par les grilles,
Tuteurs, au moins, ne sauraient y passer.

ARGANTI.

Elles sont en-bas : je suis trahi.... Au secours!

ÉLISE.

Sauvons-nous; j'ai la clef.

FIERVILLE, *sur l'échelle.*

Prends-la. Ouvre.... Encore un clou.

SCENE XX.

ARGANTI, ZELIE, ÉLISE, FIERVILLE, CORNARO, LES MARIS *à la grille.*

CORNARO.

ACCOURONS tous. Entrez.

ELISE, ZELIE.

Ciel!

CORNARO.

Un Français!

(*Elise et Zélie se rangent sous l'échelle.*)

ARGANTI, *à la fenêtre.*

Délivrez-moi.

LES MARIS.

AIR : *Décacheter*, etc.

Signalons notre courage;
Faisons pour venger l'outrage,
Un effort peu commun.
Nous sommes au moins trente contre un,
Signalons notre courage.

FIERVILLE, *leur présentant de dessus l'échelle deux pistolets de poche.*

Arrêtez.

LES MARIS, *reculant.*

Retenons notre courage. (*bis.*)

ARGANTI.

Tout est perdu; les Français débarquent de tous côtés.

SCENE XXI.

LES PRÉCÉDENS, LES FRANÇAIS.

LES FRANÇAIS.

ABORDONS, abordons.

FIERVILLE.

Me voilà délivré. (*Il saute en-bas.*)

AIR : *Malgré la bataille.*

A moi, camarades.

LES FRANÇAIS.

Vite, accourons tous.

LES MARIS.

Craignons les bourrades,
Et retirons-nous.

LES FRANÇAIS.

Point de résistance.

FIERVILLE.

Vous avez du cœur;
Mais à la prudence
Cède la valeur.

TOUS.

Dans cette occurrence,
Vous avez } du cœur, etc.
Nous avons }

FIERVILLE.

AIR : *File, file.*

Ne craignez plus rien, Zélie,

Le gouverneur de ces lieux,
O ma maîtresse chérie!
Va bientôt combler nos vœux.

TOUS LES FRANÇAIS et LES MARIS.

Il arrive dans {notre / votre} isle,
De ce côté l'on défile.
Soldats Français, devant vous,
Tout le monde file, file, file,
Tout le monde file doux.

FIERVILLE.

Voilà le gouverneur.

LES MARIS et LES TUTEURS.

Une femme!

SCENE XXII ET DERNIÈRE.

LES PRÉCÉDENS, LA FRANÇAISE *entourée de plusieurs Femmes et Soldats.*

TOUS EN CHŒUR.

AIR : *Chantons l'hymen.*

CHANTONS l'amour et le bonheur,
Par-tout les Français sont vainqueurs.
Voici l'aimable gouverneur
Qui vient régner sur tous les cœurs.

LA FRANÇAISE *entre.*

Liberté pour les filles,
En dépit des jaloux,
Que l'on brise les grilles,
Qu'on rompe les verroux.

TOUS.

Chantons, etc.
Salut au charmant gouverneur.

CORNARO.

Quoi ! c'est une femme qu'on nous donne pour nous gouverner, comme si....

LA DAME FRANÇAISE.

AIR : *Aimé de la belle Ninon.*

Aux lois d'une femme en ces lieux,
Cythéréens, soyez dociles.
Sous ses drapeaux victorieux
La France veut ranger deux isles ;
Et quand les hommes vont s'armer
Pour aller dompter l'Angleterre,
Femme suffit pour désarmer
Tous les habitans de Cythère.

TOUS.

Femme suffit pour désarmer, etc.

LA DAME FRANÇAISE.

AIR : *Soit agréable, soit utile.*

Amis, sans crainte de faiblesses,
Sous nos lois demeurez toujours.
De droit les femmes sont maitresses
Dans l'heureux pays des amours.
Mais de la crainte dans vos ames
N'allez pas écouter la voix.
Par-tout où régneront les femmes,
Vous n'aurez que d'aimables lois.

TOUS.

Par-tout, etc.

CORNARO, *s'approchant.*

Mais ce n'est pas tout.

AIR : *On compterait les diamans.*

Pour remédier aux abus,
Puisqu'en cette isle vient Madame,
Elle va, sans retarder plus,
Réparer les torts de ma femme.

LA DAME FRANÇAISE.

Comment?

CORNARO.

Hélas!

LA DAME.

Ah! je comprends.

Mon cher Monsieur, vous m'étonnez,
Je ne puis venir à votre aide;
Car au mal dont vous vous plaignez,
On n'a point trouvé de remède.

CORNARO.

Me voilà sans ressource.

UN TUTEUR.

AIR : *Si l'inconstance d'un amant.*

Ah! Madame, protégez-moi.
Les mœurs se perdent dans cette isle;
Et prêt à recevoir sa foi,
L'on vient délivrer ma pupille.
A peine libre, croiriez-vous
Que l'ingrate a paru contente?
Sans votre ordre ou sans mes verroux,
Comment la rendrais-je constante?

LA DAME.

Même Air.

J'en ai bien du regret pour vous;
Mais pour que les nœuds soient durables,
Ici l'on n'aura pour époux
Que les amans les plus aimables.
Essayez de gagner les cœurs....

LE TUTEUR.

Avec de semblables manières,
Je vois que tous les vieux tuteurs
Pourront mourir célibataires.

FIERVILLE.

Ah! ma cousine, vous pouvez tout ici. J'adore la

charmante pupille d'un vieux tuteur : consentez à notre union.

LA DAME FRANÇAISE.

Mon cher Fierville, toutes les pupilles sont en liberté : elles sont convoquées ici pour recevoir les nouvelles lois que j'apporte. Si vous êtes aimé, votre bonheur est certain, et bientôt vous verrez votre maîtresse.

FIERVILLE.

La voici. J'ai su la soustraire d'avance à son argus, que vous voyez à cette fenêtre ; mais je veux aussi son consentement.

ARGANTI.

Mon consentement ! Vous l'avez bien enlevée sans mon consentement. D'ailleurs, vous ne pouvez pas en être aimé en un jour, puisque je n'ai pu m'en faire aimer en dix ans.

LA DAME.

C'est à elle à décider. Je crois qu'elle ne dément pas Fierville, et le plus sage est de vous résigner.

ARGANTI.

Mais l'on m'ouvrira ?

FIERVILLE.

A l'instant.

LA DAME.

Et de plus, les Cythéréens sont rassemblés ici : vous aurez votre voix dans l'assemblée qui va se tenir.

ARGANTI.

Allons, ouvrez. Puisqu'elle ne veut pas de moi, je la lui donne ; mais j'aurai ma voix.

CORNARO.

Puisqu'il aura sa voix en qualité de tuteur trompé....

LA DAME FRANÇAISE.

Vous l'aurez aussi....

(S'adressant aux Cythéréennes.)

Voici les différens articles que chacune de vous peut, en mon nom, présenter à l'assemblée.

AIR : *Nous sommes précepteurs d'amour.*

Nous sommes précepteurs d'amour;
A mes leçons veuillez souscrire.

FIERVILLE.

On réussit en ce séjour
En enseignant ce qu'on inspire.

CONSTITUTION

DE

CYTHÈRE (1).

LA DAME.

ARTICLE PREMIER.

AIR : *Quand l'amour naquit à Cythère.*

LA première loi de Cythère,
C'est d'aimer jusqu'au dernier jour.
Aimez, aimez, cherchez à plaire,
Offrons tous nos vœux à l'amour.
A jouir de ce bien suprême,
Qu'en tout tems on soit attentif.
Il faudra prouver que l'on aime
Pour être citoyen actif.

TOUS.

Il faudra, etc.

CORNARO.

S'il n'est pas nécessaire d'être aimé, encore passe.

FIERVILLE.

ART. II.

AIR : *Jeunes amans, cueillez des fleurs.*

L'homme en plus d'un pays vanté
Ecrit ses droits et les proclame.

(1) Les Couplets étant trop nombreux pour être chantés à la Scène, ceux que l'on passe sont marqués d'une étoile *.

L'esprit, la grace et la beauté,
La douceur sont ceux de la femme.
Les femmes, pour nous enchainer,
Ont cent moyens qui nous étonnent;
Tous les droits qu'on peut leur donner
Ne valent pas ceux qu'elles donnent.

TOUS.

Mais tous ceux, etc.

CORNARO.

Je ne puis pas laisser passer cet article-là; les femmes ne doivent point donner de droits : c'est bien assez qu'elles en prennent....

ARGANTI.

Tiens, mon ami, il n'en sera ni plus ni moins, et c'est la même chose.

TOUS.

Oui, oui, adopté.

LA DAME FRANÇAISE.

ART. III.

* AIR : *Quand l'amour.*

Mais sur-tout, femmes de Cythère,
Ne surchargez point vos attraits,
Et de la nature, pour plaire,
Sachez deviner les secrets.
Par les petits airs, les grimaces,
Toujours l'amant est repoussé,
Et la beauté jamais aux grâces
Ne doit faire d'emprunt forcé.

ZÉLIE.

ART. IV.

AIR : *Fatigué de si longues routes.*

Lorsque la vieillesse inflexible
Sonnera l'heure du retour,
Il faut que l'amitié sensible
Parmi nous succède à l'amour.

Que

Que son pur flambeau nous éclaire
Par un rayon consolateur,
Et que chaque perte du frère
Se fasse au profit de la sœur.

ARGANTI.

C'est fait pour nous.

CORNARO.

On a voulu nous ménager une consolation.

ART. V.

AIR : *Aimé de la belle Ninon.*

De Cythère seront bannis
Les tristes romans d'Angleterre.
On y lira Chaulieu, Bernis,
Bouflers, Parny, Bertin, Voltaire.
Des goûts anglais en ce séjour,
Fuyant la sombre extravagance,
En parures comme en amour,
On suivra les modes de France.

ÉLISE.

ART. VI.

AIR : *Du Vaudev. d'Arlequin Journaliste.*

Plus de tyran Cythéréen,
Et plus de femme renfermée.
La rose libre en un jardin
Est plus fraiche et plus parfumée.
En affranchissant la beauté,
On a des droits à sa constance;
Mais jamais pour la liberté
Que l'on ne prenne la licence.

CORNARO.

Je voudrais bien savoir s'il était de la liberté que ma femme....

FIERVILLE.

Ne parlez donc plus de ça.

ART. VII.

* AIR : *La pitié n'est pas.*

Ici chacun étant le maître
De chanter ses feux sans détour,
Dans ses vers on fera paraître
Moins l'amour-propre que l'amour.
Sans être moins tendre pour elle,
Sans lui témoigner moins d'ardeur,
Tout haut l'on peut chanter sa belle,
Et tout bas chanter son bonheur.

LA DAME FRANÇAISE.

ART. VIII.

AIR : *Du petit Matelot.*

A Cythère, la force armée
Doit se trouver en bon état.
Qu'aux travaux elle soit formée,
Et soit toujours prête au combat.
Quelques-uns font mal l'exercice :
C'est un abus ; et désormais
Ceux qui manqueront au service
Seront remplacés à leurs frais.

CORNARO.

Nous faire encore payer : c'est trop fort!....

ÉLISE.

ART. IX.

AIR : *Du Vaud. d'Arlequin Journaliste.*

N'étant point tenu de servir
Dans les bataillons de Cythère,
Sous les étendards du plaisir
Tout soldat sera volontaire.
Mais pour que même au plus grand jour
Toute faveur reste secrète,
Tous les exploits du tendre amour
Se feront toujours sans trompette.

LA DAME FRANÇAISE.

ART. X.

* AIR : *Femmes, voulez-vous.*

Du service on peut à jamais
Bannir nations étrangères ;
Mais, dans tous les tems, les Français
Y serviront d'auxiliaires.
A vous ils brûlent de s'unir ;
Et dans Cythère, isle chérie,
Chacun a droit à devenir
Un des pères de la patrie.

FIERVILLE.

ART. XI.

AIR : *De la petite Métromanie.*

Bien qu'ici chacun soit de garde,
Les amans étant mieux au fait,
Monteront double et triple garde,
Et les jaloux feront le guet.
La musique sera complète.
On y verra, dans tous les tems,
Les vieillards battre la retraite,
Et les amoureux battre aux champs.

CORNARO.

C'est encore nous qui payerons la musique.

LA DAME.

ART. XII ET DERNIER.

* AIR : *Cet arbre arrivé de Provence.*

Que l'accord du cœur et de l'âge
Forme le lien conjugal ;
Que l'amour pour le mariage
Soit l'*officier municipal.*
De jeunes gens qui sauront plaire
On composera le sénat,
Et les colombes de Cythère
Seront les messagers d'état.

Pour guide on aura la constance,
Et pour conseiller le bonheur,
Pour interprète le silence,
Le sentiment pour précepteur;
Pour la charge de secrétaire,
Ou l'espérance ou le desir,
Pour archiviste le mystère,
Et pour président le plaisir.

TOUS.

Nous adoptons.... Adopté.

CORNARO.

Quand nous réclamerions.

ARGANTI.

Ça nous tue; mais ça passe.

LA DAME FRANÇAISE.

AIR : *Quand l'amour.*

Au nom d'Amour et de sa mère,
L'an premier de la liberté,
De la liberté...... de Cythère,
L'acte présent est arrêté.
Quelqu'avantage qu'on y trouve,
Cependant, mes amis, je croi
Qu'à Paris il faut qu'on l'approuve
Avant qu'il ait force de loi.

TOUS.

Quelqu'avantage, etc.

FIN.

A PARIS, de l'Imprimerie rue des Droits-de-l'Homme, N°. 44.

3

www.ingramcontent.com/pod-product-compliance
Lightning Source LLC
Chambersburg PA
CBHW061654180626
46818CB00003B/1099